Julius Platzmann

Verzeichniss einer Auswahl Amerikanischer Grammatiken, Wörterbücher, Katechismen, u.s.w

Antigonos

Julius Platzmann

Verzeichniss einer Auswahl Amerikanischer Grammatiken, Wörterbücher, Katechismen, u.s.w

Unveränderter Nachdruck der Originalausgabe von 1876.

1. Auflage 2024 | ISBN: 978-3-38634-563-7

Antigonos Verlag ist ein Imprint der Outlook Verlagsgesellschaft mbH.

Verlag: Outlook Verlag GmbH, Zeilweg 44, 60439 Frankfurt, Deutschland, info@outlook-verlag.de
Vertretungsberechtigt: E. Roepke, Zeilweg 44, 60439 Frankfurt, Deutschland
Druck: Libri Plureos GmbH, Friedensallee 273, 22763 Hamburg, Deutschland

ʻVERZEICHNISS

EINER AUSWAHL

AMERIKANISCHER

GRAMMATIKEN,
WÖRTERBÜCHER, KATECHISMEN

U. S. W.

GESAMMELT

VON

JULIUS PLATZMANN.

LEIPZIG, 1876.

K. F. KÖHLER'S ANTIQUARIUM,

POSTSTRASSE 17.

DEM PRÄSIDENTEN

DER

AMERIKANISCHEN GESELLSCHAFT VON FRANKREICH

HERRN

EDOUARD MADIER DE MONTJAU

U. S. W.   U. S. W.

ALS EIN ZEICHEN AUFRICHTIGER DANKBARKEIT

GEWIDMET

VOM

HERAUSGEBER.

Les langues américaines sont plus régulières, plus analogues aux objets à décrire, plus conformes à la vérité; plus belles, plus riches, plus philosophiques que nos langues modernes. Elles possèdent la grâce virginale, la vivacité de l'expression et le pittoresque de l'image; elles frappent par le mouvement et le nombre rhythmique de la période.

ABBÉ ADR. ROUQUETTE.

ALEUTEN.

VENIAMINOV. Opyt Grammatiki Aleutsko-
lisjevskago jasikù. St. Petersburg 1846. 8°.

*XVI und 87 pag.: Grammatik. — III und 120 pag.:
Wörterbuch. — VI pag.: Errata. — 2 Conjugationstabellen.*

ARAUKANER (CHILE).

FEBRES, ANDRES, soc. J. Arte de la lengua
general del reyno de Chile. Con un dialogo Chileno-
Hispano muy curioso: a que se añade la Doctrina
Christiana, esto es, Rezo, Catecismo, Coplas, Con-
fesionario, y Plàticas; lo mas en lengua Chilena
y Castellana: y por fin un vocabulario Hispano-
Chileno, y un calepino Chileno-Hispano mas copioso.
Lima, en la calle de la Encarnaçion, 1765. kl. 8°.

*15 np. Bl. — pag. 1—98: „Arte.“ — pag. 99—145:
„Dialogo entre dos Caziques.“ — pag. 146–156: „Exemplo
de un Coyaghtun.“ — pag. 157—182: „Breve diccionario
de algunas palabras mas usuales.“ — pag. 183—294:
„Doctrina christiana en Chilli Dugu.“ — pag. 295—414:
„Vocabulario Hispano-Chileno.“ — pag. 415—682: „Calepino Chileno-Hispano.“*

Sehr seltene Original-Ausgabe dieses gelehrten Werks,
welches für das Studium der Chilenischen (Araukanischen)
Sprache von hoher Bedeutung ist. Dasselbe wurde neu
herausgegeben von Fr. A. Hernandez Calzada und Astraldi und zwar getrennt:

—— Gramatica de la lengua Chilena. Adicio-
nada i correjida por Antonio Hernandez Calzada.

Edicion hecha para el servicio de las Misiones por órden del Supremo Gobierno i bajo la inspeccion del R. P. Fr. Miguel Anjel Astraldi. Santiago, Imprenta de los Tribunales, 1846. gr. 8°.

Pag. I—V: Titel und Prolog. — pag. 1—225: Grammatik. — pag. 227—292: Appendix, Dialog. — pag. 1—29: Wörterbuch. — pag. I, II: Index.

FEBRES, ANDRES, soc. J. Diccionario Chileno-hispano y Hispano-chileno. Enriquecido de voces i mejorado por Antonio Hernandez i Calzada. Edicion hecha para el servicio de las Misiones por órden del Supremo Gobierno i bajo la inspeccion del R. P. misionero Miguel Anjel Astraldi. 2 vol. Santiago, Imprenta de los Tribunales, 1846. kl. 4.°

Theil I: pag. I—IV: Titel und „Advertencia." — pag. 1—87: Chilenisch-Spanisches Wörterbuch. — Theil II: Titel. — pag. I, II: „Advertencia."— pag. 1—108: Spanisch-Chilenisches Wörterbuch.

Andres Febres, ein Jesuit, war geboren in Cöln, und lebte in Peru als Missionar zur Zeit der Unterdrückung des Jesuitenordens.

ARAWACKEN (GUYANA).

ARAWACKISCH - DEUTSCHES WÖRTER-BUCH. 4°.

Titel und 707 pag.

GRAMMATIK der Arawackischen Sprache.

Titel und 199 pag.

Beide Werke sind Abschriften zweier im Besitze der Brüder-Unität zu Herrnhut bei Zittau sich befindenden

Manuscripte, und wurden angefertigt durch Emanuel Forch-hammer, welcher, ein geborner Schweizer, nachdem er an der Seite des P. Adr. Rouquette die Choctaw-Sprache aus dem Munde der Choctaws erlernt hatte, längere Zeit Chinesisch bei einem Chinesischen Professor in New-Orleans hörte und gegenwärtig, noch nicht 24 Jahr alt, in Leipzig Orientalia studirt, des Englischen, Französischen und Spanischen in gleicher Weise mächtig.

Auf der ersten Seite des Original-Manuscriptes der Grammatik ist zu lesen: Geschrieben durch Br. Vögtle; eine Abschrift von dem 1763 noch vorhanden gewesenen Original des selg. Br. Theophilus Schumann. Ausser obigem bewahrt das Archiv der Brüder-Unität noch zwei andere Manuscript-Wörterbücher der Arawackischen Sprache.

AYMARA (SÜD-PERU, BOLIVIA, ARGENTINA).

EL EVANGELIO de Jesu Christo segun San Lucas en Aymará y Español. Traducido de la Vulgata latina al Aymará por Vic. Pazos-Kanki, al Español por Ph. Scio de San Miguel. Londres 1829. 8⁰.

II und 130 *pag.*

BERTONIO ROMANO, LUDOUICO, soc. J. Arte y Grammatica mvy copiosa de la lengva Aymara. Con muchos, y varios modos de hablar para su mayor declaracion, con la tabla de los capitulos, y cosas que en ella se contienen. Roma, por Luis Zannetti, 1603. 8⁰. Handschriftlich facsimilirt.

Pag. I—XVIII: Titel, Widmung und Vorrede. — pag. 19—343: *„Arte.“* 344—348: *Index.* 1 *np. Bl.: Register.*

Neue Ausgaben hiervon erschienen: „Roma 1608. 8⁰.“ und „Juli Pueblo 1612. 4⁰.“

Ferner wurde im Jahre 1603 veröffentlicht eine „Arte breve de la lengua Aymara" als Einleitung zu der „Arte y grammatica muy copiosa."

BERTONIO ROMANO, LUDOUICO, soc. J.

Vocabvlario de la lengva Aymara. Primera parte, donde por abecedario se ponen en primer lugar los vocablos dela lengua Española para buscar los que les corresponden enla lengua Aymara. — Segvnda parte del vocabvlario en la qval por orden del ABC se ponen en primer lugar los vocablos de la lengua Aymara para hallar los que le corresponden en la Española. Impresso enla casa de la Compañia de Jesus de Juli Pueblo en la Provincia de Chucuito. Por Francisco del Canto. 1612. 4º. 2 Thle. in 1 Bd.

XIV np. Bl.—474 und 399 pag.

Der Verfasser, geboren 1555 in Fermo in Italien, wirkte 44 Jahre in Peru als Missionar und starb 1628 in Lima. Das „Vocabvlario" ist das seltenste seiner Werke und den meisten Bibliographen unbekannt. Auch die Wenigen, die das Buch erwähnen, scheinen dasselbe nicht gesehen zu haben, da sie jede nähere Angabe (Seitenzahl etc.) unterlassen, und nur den Titel ganz kurz anführen.

Von demselben Verfasser sind noch bekannt:
„Libro de la vida y milagros de nuestro Señor, Jesu Christo, en dos lenguas Aymara y romance. 1612. kl. 4º."

„Confessionario muy copioso en dos lenguas Aymara y Española. 1611. 8º."

Ausser diesen schrieb P. Bertonio noch mehrere andere Werke religiösen Inhalts in Aymaraischer Sprache, deren Titel aber nicht mehr bekannt sind.

BRASILIER (TUPI).

DE ANCHIETA, JOSEPH, soc. J. Arte de
Grammatica da lingoa mais vsada na costa do
Brasil. Coimbra, Antonio de Mariz, 1595. kl. 8.
Handschriftlich facsimilirt.

II und 58 Bl.

Exemplare befinden sich in Dresden, Oxford, Madrid,
im Vatican und in Portugal. Nach Couto de Magalhäes
befindet sich in ganz America nicht ein einziges Exemplar.
Eine facsimilirte (dritte) Ausgabe, unternommen vom Be-
sitzer dieser Sammlung, wird in nächster Zeit die Presse
verlassen.

DE ANCHIETA, JOSEPH, soc. J. Arte de
Grammatica da lingua mais vsada na costa do
Brasil, novamente dado á luz por Julio Platzmann.
Lipsia 1874. Lex.-8⁰.

XII und 82 pag.

Neue wenigveränderte Ausgabe.

—— Grammatik der Brasilianischen Sprache, mit
Zugrundelegung des Anchieta herausgegeben von
Julius Platzmann. Leipzig 1874. Lex.-8⁰.

XIII und 178 pag.

Joseph de Anchieta, der berühmte Verfasser dieser höchst
seltenen Grammatik, ward geboren 1533, studirte zu Coimbra
und lebte darauf 43 Jahre in Brasilien. Er hinterliess ausser
dieser Grammatik noch ein Lexicon der Brasilianischen

Sprache, Gedichte und mehrere theologische Werke, welche sich gleichsehr durch grosse Gelehrsamkeit als genaue Kenntniss der Sprache der Eingebornen auszeichnen. Er starb zu Reritiba im Jahre 1597.

BETENDORF, JO. FIL. Compendio da doutrina christãa na lingua Portugueza e Brasilica. Reimpresso de ordem de S. Alteza real por J. M. da Conceição Vellozo. Lisboa 1800. 12º.

VIII und 131 pag. und Index.

Wie in der Dedication gesagt wird, ist dieses Compendium im Jahre 1681 verfasst worden.

DIAS, ANT. GONCALVES. Diccionario da lingua tupy chamada lingua geral dos indigenas do Brazil. Lipsia 1858. 8º.

VIII und 191 pag.

Im Buchhandel vergriffen und daher ziemlich selten.

DICCIONARIO Portuguez, e Brasiliano, obra necessaria aos ministros do altar, que emprehenderem a conversaõ de tantos milhares de Almas que ainda se achaõ dispersas pelos vastos certões do Brasil, sem o lume da Fe', e Baptismo. Por*** Primeira parte. Lisboa, na Officina Patriarcal, 1795. 4º.

VI Bl. und 79 pag.

Wie der anonyme Herausgeber (P. Fr. José Marianno da Conceição Velloso) im Prolog schreibt, wurde das Wörterbuch nach einem von den Missionaren bearbeiteten Manuscript gedruckt. Der ebendaselbst erwähnte zweite Band ist nicht erschienen.

FIGUEIRA, LUIZ. Arte de Grammatica da lingua Brasilica. Lisboa 1687. 8⁰.

168 pag. — Titel und die 3 Bl. Präliminarien fehlen.

—— Arte da Grammatica da lingua do Brasil. Quarta impressaõ. Lisboa, na Officina Patriarcal, 1795. 4⁰.

II Bl. und 103 pag.

—— Grammatica da Lingua geral dos Indios do Brasil, reimpressa pela primeira vez neste continente depois de tão longo tempo de sua publicação em Lisboa. Por João Joaquim da Silva Guimarães. Bahia 1851. 4⁰.

VI np. Bl.: Titel, Widmung etc. — VI pag.: 2 Prologe. 105 pag.: Grammatik. — 12 pag.: „Declarações do re-impressor." — 2 np. Bl.: „Officio, Erratas."

Die erste Ausgabe erschien wahrscheinlich 1621 in Lissabon, die folgenden 1687, 1754, 1795 und 1851. Eine angebliche Ausgabe von 1681 (statt 1687) beruht höchst wahrscheinlich blos auf einem Druckfehler. Die Ausgaben von 1621 und 1754 sind noch nicht beschrieben worden. Der Verfasser, ein Jesuit, ward geboren zu Almodavar in Portugal 1575. Als Missionar nach Brasilien gesandt, starb er daselbst im Jahre 1643 den Märtyrertod.

FRANÇA, ERNESTO FERREIRA. Chrestomathia da lingua brazilica. Leipzig 1859. 8⁰.

XVIII und 230 pag.

COUTO DE MAGALHÃES, JOSÉ VIEIRA. O Selvagem. I.: Curso da Lingua geral segundo Ollendorf comprehendendo o texto original de lendas Tupis.

II.: Origens, costumes, região selvagem, methodo a empregar para amansal-os por intermedio das colonias militares e do interprete militar. Impresso por ordem do governo. Rio de Janeiro 1876. 8⁰.

Parte I. XLVI pag.: Titel, Widmung, Vorrede und Einleitung. — 281 pag. — Parte II. 1 np. Bl. — 194 pag. 3 np. Bl.: „Observação, Indice."

VON MARTIUS, C. F. PH. Glossaria linguarum Brasiliensium. Glossarios de diversas lingoas e dialectos, que fallao os Indios no imperio do Brazil. Wörtersammlung brasilianischer Sprachen. Erlangen 1863. gr. 8⁰.

XXI und 548 pag.

CALIFORNIEN.

SITJAR, BUENAVENTURA. Vocabulario de la lengua de los naturales de la mision de San Antonio, Alta California. New-York, Cramoisy Press, 1861. 4⁰.

XIX pag. — 2 np. Bl. und pag. 9—53.

Bildet den siebenten Band von „Shea's Library of American Linguistics," und wurde nur in 100 Exemplaren gedruckt. Buenaventura Sitjar, ein Franziskaner, wurde geboren im Jahre 1739 zu Perrera auf der Insel Mallorca. Er gründete im Jahre 1771 die Mission San Antonio de Padua und im Jahre 1797 San Miguel. Er starb zu San Antonio im Jahre 1808. Das Original-Manuscript von 442 Seiten befindet sich im Besitz der „Smithsonian Institution".

Duflot de Mofras nennt diesen, jetzt fast ausgestorbenen Indianerstamm: Tatché oder Telamé.

CHAYMA (VENEZUELA).

DE TAUSTE, FRANCISCO. Arte, y Bocabvlario de la lengva de los Indios Chaymas, Cumanagotos, Cores, Parias, y otros diversos de la provincia de Cumana, o nueva Andalvcia. Con vn tratado a lo vltimo de la Doctrina Christiana, y Catecismo de los Misterios de nuestra Santa Fè, traducido de Castellano en la dicha Lengua Indiana. Madrid, Bernardo de Villa - Diego, 1680. 4°. Handschriftlich facsimilirt; jedes Blatt ist nur auf einer Seite beschrieben.

XV und 187 *pag.*

Von grösster Seltenheit und den meisten Bibliographen unbekannt. Die auf dem Titel angezeigten „Doctrina Christiana y Catecismo" sind nicht mit zum Druck gekommen.

Exemplare befinden sich auf der Königlichen Bibliothek in München und in der Madrider National-Bibliothek.

CHIAPANEKA (CHIAPAS, MEXICO).

DE ALBORNOZ, JUAN. Arte de la lengua Chiapaneca. — Y doctrina cristiana en la misma lengua escrita por Luis Barrientos. Paris 1875. gr. 4°.

72 *pag.*

Wurde nur in 200 Exemplaren gedruckt und bildet den ersten Theil von „Bibliothèque de linguistique et d'ethnographie américaines publiée par A. L. Pinart."

CHINUK.

GIBBS, GEORGE. A Dictionary of the Chinook Jargon, or trade Language of Oregon. New-York, Cramoisy Press, 1863. 4⁰.

XIV und 44 pag.

Bildet den zwölften Band von „Shea's Library of American Linguistics."

—— Alphabetical Vocabulary of the Chinook Language. New-York, Cramoisy Press, 1863. 4⁰.

Pag. I—VIII und 9—23.

Bildet den neunten Band von „Shea's Library of American Linguistics."
Beide Werke wurden nur in 100 Exemplaren gedruckt.

CHIPPEWAY.

BARAGA, FR. A Dictionary of the Otchipwe Language, explained in English. 2 parts in 1 vol. Cincinnati 1853. gr. 8⁰.

VII und 662 pag.

Dieses Wörterbuch wurde auf Kosten der Missionsgesellschaft gedruckt und nur an Missionare abgegeben. Es kam daher nicht in den Handel und ist infolge dessen von grosser Seltenheit.

—— A theoretical und practical Grammar of the Otchipwe Language. Manuscript von 343 Seiten in fol.

Abschrift des 1851 erschienenen Werkes „Detroit, printed by Jabez Fox“ 12⁰. 576 pag. Abgeschrieben durch Emanuel Forchhammer nach dem Original.

DU PONCEAU, P. ÉT. Mémoire sur le système grammatical des langues de quelques nations Indiennes de l'Amérique du Nord. Paris 1838. 8⁰. .

XVI und 464 pag.

Von dem „Institut Royal de France" preisgekröntes Werk.

CHIQUITOS (BOLIVIA).

GARCIA, GEORGIO (?). Gramática de la Lengua Chiquita. 4⁰. Manuscript.

Titel und 191 pag.

Diese Abschrift wurde nach einem Manuscript, welches sich im Besitz der Universitäts-Bibliothek in Jena befindet, ebenfalls durch Emanuel Forchhammer angefertigt. Das Werk ist nicht gedruckt worden.

CHOCTAW (INDIANER-GEBIET).

BYINGTON, CYRUS. Grammar of the Choctaw Language. Edited from the original MSS. in the Library of the American Philosophical Society, by D. G. Brinton. Philadelphia 1870. 8⁰.

56 pag.

Eine Manuscript-Grammatik und ein sehr umfangreiches Manuscript-Wörterbuch der Choctawsprache, linguistische Schätze ersten Ranges von ihm selbst verfasst, besitzt als unveräusserliches Eigenthum Emanuel Forch-hammer (siehe unter „Arawacken"). Genannter kann bereits eine stattliche amerikanische Bibliothek linguistischen sowohl als historischen Inhalts aufweisen und scheint wenn irgend Jemand, sofern seine Entwickelung in bisheriger vielversprechender Weise fortschreitet, dereinst dazu berufen einen Lehrstuhl für amerikanische Sprachen einzunehmen.

CLALLAM (FUCA-STRASSE).

GIBBS, GEORGE. Alphabetical Vocabularies of the Clallam and Lummi. New-York, Cramoisy Press, 1863. 4º.

Pag. I—VII und 9—40.

Wurde nur in 100 Exemplaren gedruckt.
Dieses Werk bildet den elften Band von „Shea's Library of American Linguistics."

CUMMANAGOTA (TAMANAQUEN).

DE YANGUES, MANUEL. Principios, y reglas de la lengva Cvmmanagota, general en varias naciones, qve habitan en la provincia de Cvmmana en las Indias occidentales .... Sacados a luz aora nvevamente, corregidos, y reducidos a mayor claridad, y breuedad, junto con un Diccionario que ha compuesto Mathias Blanco. Bvrgos: Por Juan de Viar. Año de 1683. 4º. Manuscript.

4np. Bl.: Titel, Dedication, Licenz und Vorrede. —

pag. 1—70: *Grammatik.* — *pag.* 71: „*Advertencia.*" — *pag.* 73—220: *Wörterbuch.*

Vorliegende Abschrift dieses höchst seltenen Buches wurde nach dem in der Madrider National-Bibliothek sich befindenden Exemplar originalgetreu angefertigt durch L. A. de Nordenfels.

DAKOTA (SIOUX).

VON DER GABELENTZ, H. C. Grammatik der Dakota-Sprache. Leipzig 1852. 8⁰.

64 pag.

Bildet das 2. Heft der „Beiträge zur Sprachenkunde von H. C. von der Gabelentz. 3 Hefte. Leipzig 1852."

RIGGS, S. R. Grammar and Dictionary of the Dakota Language. Collected by the Members of the Dakota Mission. Washington, Smithsonian Institution, 1852. gr. 4⁰.

XII pag. — pag. 1—64: *Grammatik. — pag.* 1—338: *Wörterbuch.*

EUDEVA, HEVE, DOHEMA
(SONORA).

SMITH, BUCKINGHAM. A grammatical Sketch of the Heve Language, translated from an unpublished Spanish Manuscript. New-York, Cramoisy Press, 1861. 4⁰.

26 pag.

Bildet den dritten Band von „Shea's Library of American Linguistics", und wurde nur in 100 Exemplaren gedruckt.

GALIBI (FESTLAND-KARAÏBEN).

DICTIONNAIRE Galibi; présenté sous deux formes; I⁰ Commençant par le mot François; II⁰ Par le mot Galibi. Précédé d'un essai de Grammaire. Par M. D. L. S. Paris, Bauche, 1763. 8⁰.

Titel. — pag. 1—16: Vorrede. — pag. 1—24: Grammatik. — pag. 1—126: Wörterbuch. — 1 np. Bl.: Errata und Approbation.

Dieses Wörterbuch bildet einen Theil folgenden Werks: „De Prefontaine. Maison rustique, à l'usage des habitans de la partie de la France équinoxiale, connue sous le nom de Cayenne. Paris, Bauche, 1763. 8⁰." und ist das vollständigste und beste Werk, welches über die Galibi-Sprache existirt. Es ist zusammengestellt und bearbeitet nach verschiedenen anderen Werken über Guyenne, vorzüglich nach denjenigen von Barrère, Biet, Boyer und Pelleprat. Höchst wahrscheinlich ist der Verfasser de la Sauvage, doch wird von einigen Bibliographen, z. B. Brunet und Barbier, de La Salle de L'Estang als solcher genannt.

GRÖNLAND, LABRADOR.

EGEDE, PAUL. Dictionarium Grönlandico-Danico-Latinum, complectens primitiva cum suis derivatis, quibus interjectae sunt voces primariae è Kirendo Angekkutorum. Hafniae 1750. 8⁰.

8 np. Bl.: Titel, Dedication und Vorrede. — pag. 1 — 207: Dictionarium grönl. — dan. — latinum. — pag. 208—263: Register. — pag. 264—312: Index.

EGEDE, PAUL. Grammatica Grönlandica Da-
nico-Latina. Havniae 1760. 8°.

XVI und 256 pag.

Paul Egede ist der Sohn des durch seine Schriften
über Grönland bekannten und geschätzten Grönländischen
Missionars Hans Egede, dem er auch im Amte folgte.
Ausser diesem Wörterbuche und Grammatik existirt von
ihm noch eine Grönländische Uebersetzung des Neuen
Testaments, die bereits sein Vater begonnen hatte.

FABRICIUS, OTHO. Forsog til en forbedret
Grønlandsk Grammatica. Andet Oplag. Kiøben-
havn 1801. 8°.

*Pag. I—VIII: Titel und Vorrede. — pag. 9—388
Grammatik (pag. 209—212 sind 4 Conjugationstabellen in fol).*

Die erste Ausgabe erschien im Jahre 1791 ebenfalls
in Kopenhagen.

—— Den Grønlandske Ordbog, forbedret og
forøget. Kjøbenhavn 1804. 8°.

*Pag. I—VIII: Titel und Vorrede. — pag. 1—544:
Grönländisches Wörterbuch. — pag. 545—795: Register.*

Von demselben Verfasser erschien noch: „Fauna Grönlandica. Hafniae et Lipsiae 1780. 8°." Dieses Werk
enthält auch ein Wörterverzeichniss.

KLEINSCHMIDT, S. Grammatik der grönländischen Sprache mit theilweisem einschluss des
Labradordialects. Berlin 1851. gr. 8°.

X und 182 pag.

ESKIMOISCHES WÖRTERBUCH, gesammelt von den Missionaren in Labrador, revidirt und herausgegeben von Friedrich Erdmann. Budissin, 1864. 4⁰.

2 np. Bl. und 360 pag.

WASHINGTON, J. Eskimaux and English Vocabulary for the Use of the Arctic Expeditions. Published by Order of the Lords Commissioners of the Admiralty. London, J. Murray, 1850. qu.-8⁰.

XVI und 160 pag.

GUARANI.

RUIZ DE MONTOYA, ANTONIO, soc. J. Arte, y Bocabvlario de la lengva Gvarani. Madrid, Juan Sanchez, 1640. 4⁰.

6 np. Bl.: Titel, Privileg, Errata, Approbationen und Dedication. — pag. 1—100 (sign. A—N2): „Arte de la Lengva Gvarani." — pag. 101 und 102 (sign. N3): „Advertencias." — „Vocabvlario de la lengva Gvarani. Parte primera. (Español-Guarani)." pag. 103—376 (sign. N4-Aaa 4): A—E. — pag. 1—234 (sign. a—r): F.—Z. Auf dem Titel eine Vignette in Kupferstich.

Ausser dem Original befindet sich noch in vorliegender Sammlung eine Abschrift dieses Werks, welche nach einem Exemplar im Besitz der National-Bibliothek in Madrid durch L. A. de Nordenfels angefertigt wurde.

—— Tesoro de la lengva Guarani. Madrid, Juan Sanchez, 1639. 4⁰.

8 np. Bl.: Titel, Errata, Approbationen und Dedication. — Bl. 1, 2: „Advertencia." — Bl. 3—407 Iiiii (die Zah-

len 273—278 fallen infolge eines Versehens beim Satze des Buchs aus): „Tesoro de la lengva Guarani. Segunda parte. (Guarani-Español)." Der Titel mit einer in Kupfer gestochenen Vignette.

In zwei Exemplaren vorhanden.

Antonio Ruiz de Montoya, ein gelehrter Jesuit und berühmter Missionar in Paraguay, war geboren zu Lima 1583 und starb ebendaselbst 1652. Die beiden Werke „Arte y Bocabvlario" und „Tesoro" gehören zusammen und zwar ist der „Tesoro" der zweite Band. Beide Werke, besonders „Arte y Bocabulario", der erste Band, sind von ganz ausserordentlicher Seltenheit. Die hier gegebene Beschreibung ist ganz correkt, alle anderslautenden, wie sie in Bibliographien vorkommen, sind ungenau.

Eine neue Ausgabe von „Arte" erschien unter folgendem Titel:

„Arte de la Lengua Guarani, con los Escolios, Anotaciones y Apendices, del P. Paulo Restivo e S. J. Sacados de los papeles del P. Simon Bandini y otros. En el pueblo de Santa Maria la Mayor, 1724. 4⁰."

Auch wurde das „Bocabvlario" allein neu herausgegeben: „En el pueblo de S. Maria la Mayor, 1722. 4⁰."

Ein neuer unveränderter Abdruck der ganzen ersten Ausgabe nebst Catechismus hat soeben die Presse verlassen:

„Arte, Bocabulario, Tesoro y Catecismo de la lengva Gvarani por Antonio Ruiz de Montoya, publicado nuevamente sin alteracion alguna por Julio Platzmann. 4 vol. Leipzig 1876. 4⁰."

Um den Neudruck dieses, unter den Grammatiken und Wörterbüchern der amerikanischen Sprachen wol umfangreichsten Werks möglichst originalgetreu herzustellen, sind die Typen den zur ersten Auflage benutzten nachgebildet und gegossen worden.

Ein zweiter Neudruck, welcher sich auch auf die „Conquista espiritual" erstreckt und daher Montoya's sämmtliche Werke umfasst, erscheint in Wien und ist veranstaltet von dem Vicomte de Porto Seguro.

Letztere Ausgabe zeichnet sich durch ihr handliches Format, den billigeren Preis und die durchgehende Verschiedenheit in den Lettern des Spanischen und Guaranischen Textes empfehlenswerth aus. Was die Priorität eines Neudrucks des Montoya anbelangt, so gebührt dem Vicomte de Porto Seguro schon desswegen der Vorrang, als sein Unternehmen mit anderen, eigens dazu gegossenen Lettern bereits vor circa 16 Jahren in Madrid begonnen, durch Abberufung des Herausgebers nach Paraguay aber unterbrochen worden war.

Die bis jetzt erschienenen zwei Bände, welche sich ebenfalls in dieser Sammlung befinden, sind betitelt:

„Vocabulario y Tesoro de la lengua Guarani, ó mas bien Tupi. En dos partes: I. Vocabulario Español-Guarani (ó Tupi). II. Tesoro Guarani (ó Tupi)-Español. Por el P. Antonio Ruiz de Montoya. Nueva edicion. Viena 1876. 8º. Parte Primera. Vocabulario Español-Guarani (ó Tupi)."

XVI und 255 pag.

„Arte de la lengua Guarani, ó mas bien Tupi, por el P. Antonio Ruiz de Montoya. Nueva edicion. Viena 1876. 8º."

IV und 100 pag.

—— Catecismo de la lengva Guarani. Madrid, Diego Diaz de la Carrera, 1640. 12º. Handschriftlich facsimilirt.

8 np. Bl.: Titel, Errata, Approbation, Licenz, Widmung, Vorrede und Index. — 168 p. Bl. (pag. 1—336).

Von grösster Seltenheit und vielen Bibliographen unbekannt. Vorliegendes Facsimile wurde nach dem in der
Königlichen Bibliothek zu Berlin sich befindenden Exemplar
angefertigt.

GUIANA (ENGLISCH-GUIANA).

SCHOMBURGK, R. H. Remarks to accom-
pany a Comparative Vocabulary of eighteen Lan-
guages and Dialects of Indian Tribes inhabiting
Guiana. London 1848. gr. 8⁰.

Titel und pag. 1 — 20: Remarks.

HONDURAS.

HENDERSON, A. A Grammar of the Moskito
Language. New-York, J. Gray, 1846. 8⁰.

47 pag.

HUASTECA (MEXICO).

DE TAPIA ZENTENO, CARLOS. Noticia de
la lengua Huasteca. Con Cathecismo, y Doctrina
Christiana. Mexico, Imprenta de la Bibliotheca
Mexicana, 1767. 4⁰.

5 np. Bl.: Titel, Widmung, Approbation und Vorwort. —
pag. 1 — 88: „Noticia." (Grammatik und Wörterbuch.) —
pag. 89 — 128: „Cathecismo."

HURONEN (WYANDOT, KANADA.)

SAGARD, GABRIEL. Dictionaire de la langve
Hvronne necessaire à ceux qui n'ont l'intelligence

d'icelle, et ont a traiter avec les savvages dv pays. Paris, D. Moreav, 1632. 8⁰.

XII und 132 nsign. pag.

Facsimilirter Nachdruck des ausserordentlich seltenen Originals, welcher im Auftrage des bekannten Pariser Antiquars F. Tross durch Schoutheer in Arras im Jahre 1865 ausgeführt wurde. Dieses Wörterbuch gehört zu folgendem Werke desselben Verfassers: „Le grand voyage dv pays des Hvrons, situé en l'Amerique vers la Mer douce, és derniers confins de la nouuelle France, dite Canada ..... Avec vn Dictionnaire de la langue Hvronne, pour la commodité de ceux qui ont à voyager dans le pays, et n'ont l'intelligence d'icelle langue. Paris 1632. 8⁰"; es kommt aber auch unter obigem Titel getrennt vor.

KARAÏBEN (INSEL-KARAÏBEN).

BRETON, RAYMOND. Petit Catechisme ov sommaire des trois premieres parties de la Doctrine Chrestienne. Auxerre, Gilles Bovqvet, 1664. 35 Bl. — Dictionaire Caraïbe-François, meslé de quantité de Remarques historiques pour l'esclaircissement de la langue. Auxerre, Gilles Bovqvet, 1665. 8 np. u. 240 p. Bl. — Dictionaire François-Caraïbe. Auxerre, Gilles Bovqvet, 1666. 208 Bl. — Grammaire Caraïbe. Auxerre, Gilles Bovqvet, 1667. 68 Bl. 4 Thle. in 1 Bd. kl. 8⁰.

Raymond Breton, ein gelehrter Dominicaner, war einer der ersten französischen Missionare, die auf die Caraibischen Inseln gesandt wurden. Durch 20jährigen Aufenthalt daselbst hatte er sich die genaueste Kenntniss der Landessprache erworben, und sind seine vorstehenden Schriften

von eminenter Bedeutung für den Forscher der südameri-
kanischen Sprachen. Diese vier Schriften bilden zusammen
ein Ganzes, und sind vereinigt ganz ausserordentlich schwer
zu finden. Auf dem weissen Vorsetzblatt dieses Exemplars
steht von der Hand des berühmten französischen Orien-
talisten Jomard Folgendes geschrieben: „Ouvrage précieux
et très rare surtout quand il est complet, c. à d. quand il ren-
ferme le catéchisme, les deux dictionnaires et la grammaire.
L'exemplaire de la bibl. imp^{ale}. de Paris est tout à fait
pareil à celui ci, mais en mauvais état." Von Jomard
kam das Exemplar in die Bibliothek des gelehrten Reisen-
den von Martius, dessen Bibliotheks-Zeichen auf der inneren
Seite des Deckels eingeklebt ist, und von da in diese Sammlung.

KIRIRI, KARIRI, SABUJA (BRASILIEN).

BERNARDO DE NANTES, FR. Katecismo
Indico da lingva Kariris, acrescentado de varias
Praticas doutrinaes, & moraes, adaptadas ao genio,
& capacidade dos Indios do Brasil. Lisboa, Va-
lentim da Costa Deslandes, 1709. kl. 8º.

24 *und* 363 *pag.*

In zwei Exemplaren vorhanden. — Sehr selten, vielen
Bibliographen unbekannt.

MAMIANI, LUIS VINCENCIO, soc. J. Arte de
Grammatica da Lingua Brasilica da Naçam Kiriri.
Lisboa, Miguel Deslandes, Impressor de Sua Mag.,.
1699. 12º.

8 *np. Bl. und* 124 *pag.*

Von grösster Seltenheit. — Eine neue Ausgabe in
deutscher Uebersetzung, welche sich ebenfalls in dieser
Sammlung befindet, ist folgendes Werk:

MAMIANI, LUIS VINCENCIO, soc. J. Grammatik der Kiriri-Sprache. Aus dem Portugiesischen übersetzt von H. C. von der Gabelentz. Leipzig 1852. gr. 8⁰.

Titel und 62 pag.

Bildet das dritte Heft der „Beiträge zur Sprachenkunde von H. C. von der Gabelentz. 3 Hefte. Leipzig 1852."

Luis Vincencio Mamiani della Rouere, ein Jesuit, ward geboren in Pesaro am 20. Januar 1620 und ging nach Beendigung seiner Studien nach Brasilien. Nach de Backer lebte er noch im Jahre 1725 in Rom.

Ausser einigen theologischen Werken ohne Interesse für das Studium der Kiriri-Sprache, schrieb er noch:

„Catecismo da doutrina Christâa na Lingua Brasilica da Naçâo Kiriri. Lisboa 1698. kl. 8⁰." 16 und 236 pag.

LULE (PARAGUAY).

MACHONI DE CERDEÑA, ANTONIO, soc. J. Arte, y Vocabulario de la lengua Lule, y Tonocote. Madrid: Por los Herederos de Juan Carcia Infanzon, 1732. gr. 8⁰. Handschriftlich facsimilirt, doch ist das Format vorliegenden Manuscripts grösser als das des Originals (12⁰.). Jedes Blatt ist nur auf einer Seite beschrieben.

7 np. Bl.: 2 Titel, Censur und Vorrede. — pag. 1—97: „Arte." — pag. 1—135: „Vocabulario." — pag. 1—17: „Catecismo." — 1 Bl. mit einer Vignette.

Der Verfasser, ein spanischer Jesuit, lebte als Missionar in Paraguay. Sein überaus seltenes Werk ist das einzige, welches über diese Sprache existirt. Zur Zeit Machoni's wurde, wie derselbe angiebt, die Lule-Sprache noch von ca. 50,000 Seelen gesprochen; jetzt ist der Volksstamm fast ausgestorben.

MAYA (YUCATAN).

BRASSEUR DE BOURBOURG. Manuscrit Troano. — Études sur le système graphique et la langue des Mayas. 2 vol. Paris, imprimerie impériale, 1869—70. fol.

Vol. I: Titel, VIII und 244 pag. und 71 Tafeln.
Vol. II: Titel, XLIX und 464 pag.

Prächtiges, auf Veranlassung Napoleon III. herausgegebenes Werk. Bd. I. enthält das genaue Facsimile des Troanoschen Manuscripts, sowie eine Darstellung des Schriftsystems der Maya nebst 600 Schriftzeichen. Bd. II. enthält die Grammatik, eine Chrestomathie und das Wörterbuch der Maya-Sprache.

BELTRAN DE SANTA ROSA MARIA, PEDRO. Arte del idioma Maya reducido a sucintas reglas, y semilexicon Yucateco. Merida de Yucatan: Imprenta de I. D. Espinosa, 1859. 8⁰.

9 np. Bl. — pag. 1—242 und 2 Tafeln.

Neudruck der in „Mexico, por la viuda de D. Joseph Bernardo de Hogal, 1746. 4⁰“ erschienenen Originalausgabe.

RUZ, J. A Yucatecan Grammar: Translated from the Spanish into Maya, and abridged for the Instruction of the Native Indians, by the Rev. J. Ruz, of Merida. Translated from the Maya into English by J. Kingdon. Belize 1847. 8⁰.

Titel und 68 pag.

MEXIKANISCH, AZTEKISCH, NAHUATL.

DE ALDAMA Y GUEVARA, JOSEPH AU-GUSTIN. Arte de la lengua Mexicana. En la Imprenta Nueva de la Bibliotheca Mexicana. En frente de el Convento de San Augustin. Año de 1754. 8⁰.

IX und 73 npag. Bl. (sig. ¶—¶ ¶ ¶ 1, und A—T2.) zu 4 Bl., Bogen A hat nur 3 Bl.

DE ARENAS, PEDRO. Vocabulario manual de las lenguas Castellana, y Mexicana en que se contienen las palabras, preguntas, y respuestas mas comunes, y ordinarias que se suelen ofrecer en el trato, y comunicacion entre Españoles, è Indios. Reimpreso en Puebla en la Imprenta del Hospital de S. Pedro, à cargo del C. Manuel Buen Abad Año de 1831. kl. 8⁰.

XI nsign. pag. — pag. 1—93: „Primeira parte." — pag. 94—132: „Segunda parte."

BIONDELLIUS, BERNARDINUS. Glossarium Azteco-Latinum et Latino-Aztecum. Mediolani 1869. gr. 4⁰.

Titel und 256 pag. — 1 np. Bl.: Errata.

CAROCHI, HORACIO, soc. J. Arte de la lengva Mexicana con la declaracion de los adverbios della. Mexico, por Juan Ruyz. Año de 1645. 4⁰.

VI np. und 132 pag. Bl.

———— Compendio del Arte de la lengua Mexicana; dispuesto con brevedad, claridad, y propriedad,

por el P. Ignacio de Paredes. Mexico, Imprenta de
la Bibliotheca Mexicana, 1759. 4⁰.

*11 np. Bl. (sign. ¶—¶¶¶ 4.) Titel, Dedication, Li-
cenz, Introduction und Index. — pag. 1—202: „Arte."*

Dieses „Compendio" ist nur ein Auszug aus der „Arte."
Die von de Backer noch angeführte Ausgabe von
1749 hat nicht existirt und ist wol mit derjenigen von
1759 identisch.

Carochi, ein gelehrter Jesuit, ward geboren zu Florenz
und ging als Missionar nach Mexico, woselbst er auch im
Besitze hoher Ehren und Aemter starb. Nach Jöcher
und de Backer ward er geboren 1579 und starb 1666,
während Brasseur de Bourbourg in seiner „Bibliothèque
Mexico-Guatémalienne" 1586 und 1686 als Geburts- und
Todes-Jahr angiebt.

Ausser dieser Grammatik hinterliess er noch folgende
Werke, aber nur im Manuscript, und sind dieselben auch
später nicht gedruckt worden:

„Vocabulario copioso de la lengua Megicana."
„Sermones en lengua Megicana".
„Gramatica de la lengua Otomi."
„Vocabulario Otomi."

GASTELU, EL REY DE FIGUEROA, AN-
TONIO VASQUEZ. Arte de la Lengua Mexicana.

Sacado a luz por orden del illustr. Sr. Dr. D. Manuel
Fernandez de Santa Cruz, Obispo de Puebla. Puebla de los Angelos, 1689. 4⁰.

IV und 53 Bl. (36 ist ausgefallen).

Erste überaus seltene und den meisten Bibliographen
unbekannte Ausgabe. Neu gedruckt wurde das Werk
Mexico 1693 und 1716, und Puebla 1756.

DE MOLINA, ALONSO. Vocabvlario en lengva Castellana y Mexicana. 2 Theile in 1 Bande. Mexico, en Casa de Antonio de Spinosa, 1571. fol.

Theil I: 4 np. Bl.: Titel, Prolog, etc. — 121 pag. Bl.: „Castellana y Mexicana."

Theil II: 2 np. Bl.: Titel und Prolog, und 1 Bl. mit 1 Holzschnitt. — 162 pag. Bl.: „Mexicana y Castellana." Auf jedem Titelblatt befindet sich ein grosser Holzschnitt.

Alonso de Molina, auch Escalona genannt, ein gelehrter Franciscaner, geboren 1496 zu Escalona, ging als Missionar nach Westindien und zeichnete sich bald durch genaueste Kenntniss der Mexicanischen Sprache aus, wovon seine verschiedenen sprachwissenschaftlichen Werke zeugen. Er starb daselbst in einem Kloster seines Ordens 1584, im 88. Jahre. Das „Vocabvlario" ist das bedeutendste seiner Werke, von grösster Seltenheit und für das Studium der Mexicanischen Sprache ganz unentbehrlich. Die erste Ausgabe erschien 1555 in 4⁰., ist aber fast unbekannt, sodass sogar Ludewig die Annahme ihrer Existenz für einen Irrthum erklärt.

Andere Werke dieses Autors sind:

„Arte de la lengva Mexicana y Castellana." Mexico 1571." 12⁰. Neu herausgegeben 1576 und 1578.

„Confessonario mayor Mexicano y Castellano." 1565 und 1578.

„Confessonario breve." 1565.

„Doctrina en lengua Mexicana." 1578 und 1584.

DE OLMOS, ANDRÉ. Grammaire de la langue Nahuatl ou Mexicaine, composée en 1547, et publiée avec notes, éclaircissements, etc. par Rémi Siméon. Paris 1875. Lex. 8⁰.

XV und 274 pag.

PIMENTEL, FRANCISCO. Cuadro descriptivo y comparativo de las Lenguas Indígenas de México. 2 vol. México 1862 — 65. 8º.

Vol. I: LII und 539 pag. — Index. — Vol. II: VI und 427 pag. — Note und Index.

DEL RINCON, ANTONIO, soc. J. Arte Mexicana. En Mexico en Casa de Pedro Balli, 1595. kl. 8º.

VIII npag. Bl.: Titel, Licenzen und Dedication. — Bl. 1, 2: Prolog. — Bl. 3 – 78: „Arte" — 18 np. Bl.: „Vocabvlario."

Eine neue Ausgabe dieses seltenen Werks erschien 1598.

SANDOVAL, RAFAEL. Arte de la lengua Mexicana. En México en la Oficina de D. Manuel Antonio Valdés, año de 1810. kl. 8º.

VIII npag. Bl.: Titel, Dedication und Licenzen. — 62 pag.: „Arte" — 1 np. Bl.: Errata. — 1 Kupferstich.

In zwei Exemplaren vorhanden.

DE TAPIA ZENTENO, CARLOS. Arte novissima de lengua Mexicana. Mexico, por la Viuda de D. Joseph Bernardo de Hogal, 1753. 4º.

11 np. Bl.: Titel, Dedication, Approbation etc. und das Blatt mit der Epigramm-Tafel. — pag. 1—58: „Arte."

Der Verfasser, ein geborener Mexicaner, war Professor der Mexicanischen Sprachen an der Universität in Mexico.

In der Vorrede zu seiner wenig bekannten „Arte novissima" kündigt er einige weitere grössere Werke über die Mexicanische Sprache an, die jedoch bis auf die oben angeführten (pag. 19) nicht zum Druck gekommen sind, da sein Protector, der Erzbischof Rubio Salinas, der die Druckkosten zu tragen versprochen hatte, vorher starb.

DE VETANCURT, AUGUSTIN. Arte de lengva Mexicana, dispuesto por orden, y mandato de N. R^{mo} P. Fr. Francisco Treviño, predicador y commissario general de todas las de la Nueva-España. En Mexico, por Francisco Rodriguez Lupercio, 1673. 4⁰.

VI np. und 50 (49) pag. Bl.

MIKMAK (NEU-SCHOTTLAND).

MAILLARD. Grammaire de la langue Mikmaque, redigée et mise en ordre par J. M. Bellenger. Nouvelle-York, presse Cramoisy, 1864. 4⁰.

101 pag.

Erschien nur in einer Auflage von 100 Exemplaren und bildet den dreizehnten Band von „Shea's Library of American Linguistics."

MOHAWK (AGNIES, IROKESEN).

BRUYAS, JACOBUS, soc. J. Radices verborum Iroquaeorum. Neo-Eboraci. Cramoisy Press, 1863. 4⁰.

123 pag.

Diese Grammatik, die älteste über die Mohawk-Sprache, wurde im letzten Theil des 17. Jahrhunderts, und zwar in lateinischer Sprache geschrieben, doch ist die Bedeutung der indianischen Wörter französisch angegeben. Dieselbe bildet den zehnten Band von „Shea's Library of American Linguistics" und wurde nur in 100 Exemplaren gedruckt. Das enggeschriebene Manuscript von 146 Seiten wurde im Missions-Haus zu Caughnawaga oder Sault St. Louis bei Montreal lange Zeit aufbewahrt. Der Verfasser, geboren in Lyon, kam im Jahr 1666 nach Canada, woselbst er bis zu seinem, wahrscheinlich 1701 erfolgten Tode blieb. Er schrieb über die Mohawk-Sprache, die ihm ebenso geläufig wie das Französische war, noch einige andere Werke, die aber nur im Manuscript existiren:

1) Vocabulaire Francois-Agnier.

2) Un Catéchisme et des Instructions en langue Agnière.

ÉTUDES philologiques sur quelques langues sauvages de l'Amérique, par N. O. ancien missionnaire. Montréal 1866. gr. 8º.

160 *pag.*

JUGEMENT erroné de M. Ernest Renan sur les Langues sauvages par l'auteur des „Études philologiques." Deuxième édition entièrement refondue. Montréal 1869. gr. 8".

112 *pag.*

MOXA (BOLIVIA).

MARBAN, PEDRO, soc. J.   Arte de la lengua Moxa, con su Vocabulario, y Cathecismo. En la Imprenta Real de Joseph de Contreras. (Lima 1701.) 12º.

8 np. Bl.: Titel, Dedication, Approbation und Licenz. — pag. 1—117: „Arte." — pag. 118—361: „Vocabulario Español-Moxa."— pag. 362—664: „Vocabulario Moxa-Español." — pag. 1—108: „Cathecismo." — pag. 109—142: „Confessionario." — 1 np. Bl. — pag. 143—202: „Cartilla y Doctrina Christiana." 1 np. Bl.: „Indice."

In zwei Exemplaren vorhanden.

Von dem Verfasser ist nur bekannt, was er selbst
über sich auf dem Titel seines Werkes sagt, nämlich,
dass er Superior der Missionen in Los Moxos und Chi-
quitos war. Selbst de Backer weiss nichts Näheres über ihn.

Die Sprache der Moxos, nahe verwandt mit dem Mai-
purischen, zerfällt in die Dialecte Baure, Tikomeri, Chu-
chukupcono, Mosotie und Mochocono. Marban's „Arte" ist
das einzige über diese Sprache veröffentlichte Werk. Antonio Megio schrieb noch eine „Arte de la lengua Baure",
die aber nicht zum Druck kam. Das Manuscript befand
sich in der Bibliothek von Alcide d'Orbigny.

MOZKA, MUYZKA, CHIBCHA
(COLUMBIA).

DE LUGO, BERNARDO. Gramatica en la
lengva general del nuevo reyno, llamada Mosca.
Madrid, por Barnardino de Guzmã, 1619. 12⁰.

*9 np. Bl.: Titel, drei Sonette, Errata und Privilegium.
— 16 np. Bl. (sign. ¶—¶¶ 1—8): Licenzen, Approbationen
und Prolog. — Bl. 1—123: „Arte." — Bl. 124—158:
„Confessionario en la lengua Mosca."*

Ausser dem höchst seltenen Original befindet sich in
dieser Sammlung noch eine facsimilirte Abschrift dieses Werks.

Der Verfasser war ein spanischer Dominikaner und
lehrte zu Anfang des siebzehnten Jahrhunderts in Neu-
Granada. Er schrieb ausser dieser Grammatik noch ein
Confessionarium.

Ternaux sagt in seiner Bibliothèque américaine: „Les
Espagnols, dit-on, donnèrent aux Indiens de la Nouvelle-
Grenade le nom de Moscas, parce qu'ils étaient nombreux
comme les mouches; cette langue, autrefois générale sur
le plateau de Bogota, est maintenant entièrement oubliée."

URICOECHEA, E. Gramática, Vocabulario, Catecismo i Confesionario de la Lengua Chibcha, segun antiguos manuscritos anónimos e inéditos, aumentados i correjidos. Paris 1871. gr. 8°.

Pag. I—LX: Titel, Einleitung, etc. — pag. 1—96: Grammatik. — pag. 97—208: Wörterbuch. — pag. 209 —252: Katechismus und Confessionarium. — Errata.

Dieses Werk bildet den ersten Band von „Coleccion lingüistica americana por Ezequiel Uricoechea. Paris, Maisonneuve i C^{ia}."

MUTSUN (CALIFORNIEN).

ARROYO DE LA CUESTA, FELIPE. Extracto de la gramatica Mutsun, ó de la lengua de los naturales de la mision de San Juan Bautista. New-York, Cramoisy Press, 1861. 4°.

Pag. I - VIII und 9— 48.

Bildet den vierten Band von „Shea's Library of American Linguistics."

—— A Vocabulary or Phrase Book of the Mutsun Language of Alta California. New-York, Cramoisy Press, 1862. 4°.

Pag. I—VIII und 9—96.

Bildet den achten Band von „Shea's Library of American Linguistics".

Beide Werke dieses Autors, welcher als Missionar in Californien lebte und im Jahre 1842 daselbst starb, wurden nur in 100 Exemplaren gedruckt.

Das Original-Manuscript des „Vocabulary", welches sich in der Bischöflichen Bibliothek zu Monteréy befindet, führt folgenden Titel:

„Jesus, Maria et Josp. Alphab⁸. rivulus obeundus, exprimationum causa horum Indorum Mutsun missionis sanct. Joann. Baptistae, exquisitarum a fr. Philipp. ab Ar. Yo. de la Cuesta, supradictae missionis Indion. minist........ Año de 1815, con privilegio de ...."

ONONDAGA (IROKESEN).

SHEA, JOHN GILMARY. Dictionnaire-François Onontagué, édité d'après un manuscrit du 17ᵉ siècle. Nouvelle York, à la presse Cramoisy, 1859. 4⁰.

VIII und 103 *pag.*

Das Original-Manuscript ist das Werk eines Jesuitenpaters, der ungefähr von der Mitte des 17. bis Anfang des 18. Jahrhunderts als Missionar in New-York lebte, und befindet sich in der Mazarin-Bibliothek zu Paris. Vorliegende Ausgabe wurde veranstaltet nach einer getreuen Copie des Originals, welche unter Aufsicht des Jesuitenpaters Felix Martin angefertigt worden war. Sie bildet den ersten Band von „Shea's Library of American Linguistics", und wurde nur in 100 Exemplaren gedruckt.

OTHOMI (MEXICO).

ÉLÉMENTS de la grammaire Othomi. Traduits de l'Espagnol, accompagnés d'une notice d'Adelung sur cette langue, traduite de l'Allemand, et suivis d'un vocabulaire comparé Othomi-Chinois. Paris 1863. 8⁰.

39 *pag.*

Dieses Werk, welches nur in 50 Exemplaren und zwar auf holländisches Papier gedruckt wurde, ist ein Aus-

zug in Uebersetzung der Originalausgabe des folgenden
Werkes:

DE NEVE Y MOLINA, LUIS. Reglas de or-
tografia, diccionario y arte del idioma Othomì, breve
instruccion para los principiantes. Mexico 1863. 16⁰.

254 *pag.* — *I np. Bl. „Indice.“*

Neudruck der 1767 erschienenen Originalausgabe.

NAXERA, E. De lingua Othomitorum disser-
tatio. Philadelphiae 1835. 4⁰.

Titel und 48 pag.

Separatabdruck aus dem fünften Bande der Neuen
Serie der „Transactions of the American Philosophical
Society.“

PICCOLOMINI, ENEA SILVIO VINCENZO.
Grammatica della lingua Otomì esposta in Italiano.
Secondo la traccia del licenziato Luis de Neve y Molina, col vocabolario Spagnuolo - Otomì spiegato
in Italiano. Roma 1841. 8⁰.

82 *pag.* — *1 np. Bl.*

Das in vorstehendem Titel erwähnte Werk von „Neve
y Molina“ ist dasselbe wie das in der Anmerkung zu „Éléments de la grammaire Othomi“ angeführte.

PIMA, NEVOME (MEXICO, SONORA).

ARTE de la Lengua Névome, que se dice Pima,
propia de Sonora; con la Doctrina Christiana y

Confesionario añadidos. Por Buckingham Smith. San Augustin de la Florida, año de 1862. 4⁰.

Pag. I—VIII und 9—97: „Arte de la lengua Pima.“ — *32 pag. „Doctrina Christiana.“*

Bildet den fünften Band von „Shea's Library of American Linguistics“ und wurde nur in 160 Exemplaren gedruckt.

Das Originalmanuscript, nach welcher diese Ausgabe veranstaltet wurde, stammt nebst einem Wörterbuch derselben Sprache aus der Bibliothek des verstorbenen Bartolomeo Gallardo. Wahrscheinlich wurden beide Manuscripte nach der Unterdrückung des Jesuitenordens in Mexico im Jahre 1767 nach Spanien gebracht.

Der Verfasser dieser „Arte“ ist ohne Zweifel der in der Geschichte der Californischen Missionen so berühmte Jesuitenpater Kino; er wurde im Jahre 1683 Superintendent der Missionen am Gila und Colorado und starb im Jahre 1710 in der Mission St. Xavier.

QUICHE (GUATEMALA).

BRASSEUR DE BOURBOURG. Gramatica de la lengua Quiche. Grammaire de la langue Quichée Espagnole-Française mise en parallèle avec ses deux dialectes, Cakchiquel et Tzutuhil, tirée des manuscrits des meilleurs auteurs guatémaliens. Ouvrage accompagné de notes philologiques avec un vocabulaire comprenant les sources principales du Quiché comparées aux langues Germaniques et suivi d'un essai sur la poésie, la musique, la danse et l'art dramatique chez les Mexicains et les Gua-témaltèques avant la conquête, servant d'introduction au Rabinal-Achi, drame indigène avec sa mu-

sique originale, texte quiché et traduction française
en regard. Paris 1862. Lex. 8⁰.

*Titel und pag. I—XVII: Dedication und Vorrede. —
pag. 1—165: Grammatik. — pag. 166: „Advertencia." —
pag. 167—246: Wörterbuch. — pag. 1—119: Rabinal-
Achi. — pag. 120—122: Index.*

QUICHUA (PERU).

MARKHAM, C. R. Contributions towards a
Grammar and Dictionary of Quichua, the language
of the Yncas of Peru. London 1864. 8⁰.

*3 np. Bl.: 2 Titel und Dedication. — pag. 1—16:
Einleitung. — pag. 17—61: Grammatik. — pag. 63—192:
Peruanisch-Englisches Wörterbuch. — pag. 193—195:
Anmerkungen. pag. 196—218: Englisch-Peruanisches
Wörterbuch.— pag. 219—223: Pflanzennamen-Verzeichniss.*

NODAL, JOSÉ FERNANDEZ. Elementos de
Gramática Quichua ó idioma de los Yncas. Cuzco. 8⁰.

*Pag. I—XVI und 1—92: 2 Titel. Allgemeine Gram-
matik. — pag. 93—140: Grammatik der Quichua-Sprache
— pag. 141—236: Syntax. — 237—332: Orthographie. —
333—441: Prosodie. — 9 pag. Appendix und Errata.*

DE TORRES RUBIO, DIEGO, soc. J. Arte
de la lengva Quichua. Lima, Francisco Lasso, 1619. 8⁰.

*4np. Bl.: Titel, 2 Licenzen, Prolog und die Marien-
Litanei in der Quichua-Sprache. — 44 Bl.: „Arte de la
lengua Quichua."— 1 Bl.: Prolog.— 23 np. Bl. sign. M 2—R4:
„Vocabvlario breve en la lengva Quichva, de los vocablos
mas ordinarios." — 15 np. Bl. sign. S—X3: „Breve
Bocabvlario que comiença por los uocablos Quichua." —
17 np. Bl. sign. X4—Bb4.: „Prologo — Confessonario breve en*

*Qvichva — Orden de celebrar el matrimonio — Para admi-
nistrar el viatico — Acto de contricion — Fiestas de precepto
para los Indios."*

Erste amerikanische und zugleich beste und seltenste
Ausgabe dieses Werks. Antonio und de Backer führen
die erste Ausgabe mit einem lateinischen Titel an, datirt
Rom, 1603. 8º. Ludewig citirt eine Ausgabe mit
spanischem Titel: Sevilla 1603. 8º.

DE TORRES RUBIO, DIEGO, soc. J. Arte
y Vocabulario de la lengua Quichua General de los
Indios de el Peru. Tercera edicion. Nuevamente
van añadidos los Romances, el catecismo pequeño,
todas las oraciones ..... el Vocabulario añadido
y otro Vocabulario de la lengua Chinchaisuyu por
el M. R. Juan de Figueredo de la Compañia de
Jesus. Lima, por Joseph de Contreras, 1700. kl. 8º.

*12 np. Bl. — Bl. 1—47: „Arte." — Bl. 48—99:
„Vocabulario." Bl. 100—111: „Confessonario". —
Bl. 111—116: „Orden de celebrar el Matrimonio, y Ve-
laciones, para administrar el Viatico, Indice."*

—— Arte, y Vocabulario de la lengua Quichua
general de los Indios de el Perú. Y Añadio el
P. Juan de Figueredo, soc. J. Ahora nuevamente
Corregido, y Aumentado en machos (sic) vocablos, y
varias advertencias, Notas, y Observaciones, para
la mejor inteligencia del Ydioma, y perfecta instru-
cion da (sic) los Parochos, y Cathequistas de Indios.
Reimpresso en Lima, Imprenta de la Plazuela de
San Christoval. 1754. kl. 8º.

*6 np. Bl.: Titel, Dedication etc. — Bl. 1—51: „Arte."
— Bl. 52—72: „La Doctrina chritiana (sic) oraciones, y*

*Cathecismo que añadio el fadre (sic) Juan de Figueredo." —
Bl. 72—107: „Vocabulario" (Peruanisch-Spanisch). —
Bl. 108—146: „Vocabulario" (Spanisch-Peruanisch). —
Bl. 147—212: „Addiciones." — Bl. 213—231: „Vocabulario
de la lengua Chinchaisuyo, y algunos modos mas vsados de
ella. Por Juan de Figueredo." — Bl. 231—244: „Confesso-
nario." — Bl. 245—254: „Orden de celebrar el matrimonio,
Privilegios, Letania, Hymno." — 2 np. Bl.: Index.*

Der Verfasser, ein spanischer Jesuit, geb. 1547 in Alca
zar, ging ca. 1579 nach Peru, lehrte 30 Jahre lang zu Chuqui-
saca, woselbst er auch 1638 im Alter von 91 Jahren starb.
Durch grossen Fleiss gelang es ihm die Sprache der Eingebornen sich vollständig anzueignen und wird sein Werk stets
die Grundlage für das Studium der Peruanischen Sprache sein.

VON TSCHUDI, J. J. Die Kechua-Sprache.
3 Theile in 1 Band. Wien 1853. gr. 8°.

*Theil I: IV und 268 pag. — 1 np. Bl.: Druckfehler.
Theil II: VI und 110 pag. — 1 np. Bl.: Druckfehler.
Theil III: VIII und 508 pag. — 1 np. Bl.*

SELISH, FLAT-HEADS (FELSEN-GEBIRGE, IDAHO).

MENGARINI, GREGORIO, soc. J. Grammatica linguae Selicae. Neo-Eboraci. Cramoisy Press,
1861. 4°.

VIII und 122 pag.

Bildet den zweiten Band von „Shea's Library of American
Linguistics", und wurde nur in 100 Exemplaren gedruckt.

TSONECA (PATAGONIEN).

SCHMID, THEOPHILUS. Vocabulary and Rudiments of Grammar of the Tsoneca Language. Bristol 1860. 8⁰. Handschriftlich facsimilirt.

47 *pag.*

YAKAMA (AM COLUMBIA-FLUSS).

PANDOSY, MARIE CHARLES. Grammar and Dictionary of the Yakama Language. Translated by George Gibbs and J. G. Shea. New-York, Cramoisy Press, 1862. 4⁰.

Pag. I—VIII und 9—59 (9—34 *„Grammar"*, 35—59 *„Dictionary"*).

Der Verfasser lebte lange als Missionar unter den Yakamas und erwarb sich eine genaue Kenntniss ihrer Sprache. Während des Indianer-Kriegs im Oregon- und Washington-Territorium wurde die Missionsanstalt verbrannt und das daselbst aufbewahrte Original dieses Werkes ging dabei verloren. Da eine bedeutend vermehrte Revision des „Dictionary" gleichfalls damals zerstört wurde, ist dieses Werk von um so grösserer Bedeutung, als sonst keine Schrift von einigem Belang über diese Sprache existirt. Es wurde nur in geringer Auflage (100 Exemplare) gedruckt und bildet in „Shea's Library of American Linguistics" den sechsten Band.

Druck von F. A. Brockhaus in Leipzig.

DRUCK VON F. A. BROCKHAUS IN LEIPZIG.